CUENTO DE LUZ

A todas las personas que aman y cuidan este mundo repleto de colores.
—Desriée Acevedo

La raza humana es como el cuadro perfecto en el que se combinan con armonía los colores diferentes.
—Silvia Álvarez

El color de tu piel
© 2021 del texto: Desirée Acevedo
© 2021 de las ilustraciones: Silvia Álvarez
© 2021 Cuento de Luz SL
Calle Claveles, 10 | Urb. Monteclaro | Pozuelo de Alarcón | 28223 | Madrid | Spain
www.cuentodeluz.com
ISBN: 978-84-18302-38-1
3ª edición
Impreso en PRC por Shanghai Cheng Printing Company, octubre 2021, tirada número 1842-5

EL COLOR
de tu piel

Desirée Acevedo & Silvia Álvarez

Vega se encontraba sumergida en el dibujo que pensaba
regalar a su mamá al salir del cole. Seguro que lo
pondría en la nevera, ¡junto al resto de la colección!
A Vega le gustaba pensar que la cocina era la sala de
un museo y ella, una gran artista.

Su amigo Álex se acercó a ella y, mirando la caja de colores que tenía Vega, le preguntó:
–¿Me dejas el color carne?
–¿El color carne? –preguntó Vega pensativa.

¿Te refieres al color de tu piel o al **color** de mi piel?

¿O al marrón tan bonito que tiene mi vecino Vidal,
que me recuerda al caramelo?

¡Ah, ya! Quizás te refieres a ese tono tan blanquito que tiene la niña nueva que ha llegado al cole. ¡Se le ponen las mejillas tan rojas como dos manzanas!

O quizás al de mi mamá... O al de mi papá...

El color de la maestra de música es bien bonito, ¡quizás quieras ese!

O el de la señora tan simpática que está en el quiosco,
que siempre tiene calor y se pone muy colorada.

–No, Vega, me refiero al color carne, carne.

–¿El color carne, carne?

–Síííí ¡El que es rosita claro pero un poco raro!

Pero... ¡Si tú no tienes la piel color rosita claro un poco raro!
Tienes el color de una tostadita.

Y yo tampoco: yo soy bastante pálida.

Vega y Álex miraban pensativos la caja de colores.
—¿Entonces por qué llamarán "color carne" al color carne? —se preguntaron.

—Pues muy simple, Álex. ¡Porque quien lo descubrió tenía ese color de piel y se olvidó de añadir el resto de colores! ¿Por qué iba a ser si no? ¡Un despiste lo tiene cualquiera!

Vega y Álex recopilaron todos los colores que pensaban que podían ser "color carne" y pintaron un precioso dibujo entre los dos.

Cuando terminaron, lo miraron con orgullo y Álex se lo cedió a Vega para que se lo regalara a su mamá.

Ese dibujo nunca fue a la nevera, porque su mamá le puso un marco bien bonito y lo colgó en el sitio más visible del salón, para tener presente siempre que los colores son como los abrazos: cuantos más, mejor.